D0205693

Journal d'un chat
assassin

Anne Fine

Journal d'un chat assassin

Traduit de l'anglais par
Véronique Haïtse
Illustrations de Véronique Deiss

Mouche
l'école des loisirs
11, rue de Sèvres, Paris 6ᵉ

Du même auteur à *l'école des loisirs*

Collection MOUCHE

Un ange à la récré
Assis ! Debout ! Couché !
Le chat assassin, le retour
Le jour où j'ai perdu mes poils
Journal d'un chat assassin
Louis le bavard
Radio Maman
La vengeance du chat assassin

Collection CHUT !

Journal d'un chat assassin
lu par David Jisse

1
LUNDI

C'est ça, c'est ça. Allez-y, pendez-moi. J'ai tué un oiseau. C'est que je suis un *chat*, moi. En fait, C'est mon *boulot* de rôder dans le jardin à la recherche de ces petites créatures qui peuvent à peine voleter d'une haie à l'autre. Dites-moi, qu'est-ce que je suis censé faire quand une petite boule de plumes se jette dans ma gueule ? Enfin, quand elle se pose entre mes pattes. Elle aurait pu me *blesser*.

Bon *d'accord*, je lui ai donné un coup de patte. Est-ce une raison suffisante pour qu'Ellie se mette à sangloter si fort dans mon poil que j'ai bien failli me *noyer*? Et elle me serrait si fort que j'ai cru *étouffer*.

– Oh, Tuffy! dit-elle avec reniflements, yeux rouges et Kleenex mouillés. Oh, Tuffy, comment as-tu pu *faire* une chose pareille?

Comment? Mais enfin, je suis un *chat*. Comment aurais-je pu me douter que ça allait faire une histoire pareille? La mère d'Ellie qui se précipite sur les vieux journaux. Le père d'Ellie qui va remplir un seau d'eau savonneuse.

Bon *d'accord*, je n'aurais peut-être pas dû le traîner dans la maison et l'abandonner sur le tapis. Et Peut-être que les taches ne vont pas partir, jamais.

Dans ce cas, *pendez-moi*.

2
MARDI

J'ai bien aimé le petit enterrement. Je pense que je n'y étais pas convié, mais après tout, c'est autant mon jardin que le leur. En fait, j'y passe beaucoup plus de temps qu'eux. Je suis le seul de la famille qui en fasse un usage convenable.

Ils ne m'en sont pas reconnaissants pour autant. Vous devriez les entendre :

— Ce chat *détruit* mes plates-bandes. Il ne reste presque plus de pétunias.

— Je viens *à peine* de planter les lobélies, et le voilà déjà couché dessus pour les écraser.

— Si seulement il pouvait éviter de faire des trous au beau milieu des anémones.

Des reproches, des reproches, des reproches. Je ne vois pas pourquoi ils se cassent la tête à garder un chat si c'est pour se plaindre en permanence.

Tous, sauf Ellie. Elle était trop occupée à pleurnicher sur cet oiseau. Elle l'a mis dans une boîte, enveloppé dans du coton, et puis elle a creusé un petit trou. Après, on s'est tous mis autour. Ellie a dit quelques mots, pour lui souhaiter

bonne chance au paradis des oiseaux.

   — Fiche le camp, m'a dit le père d'Ellie en sifflant entre ses dents.

J'ai trouvé cet homme un peu grossier. J'ai agité ma queue, et je lui ai fait le clin d'œil qui tue. Pour qui il se prend, celui-là. Si je veux assister à un petit enterrement d'oiseau, j'y assiste. Après tout, je connaissais l'oiseau depuis plus longtemps qu'eux. Je l'ai connu *vivant*, moi.

3
MERCREDI

Allez-y, donnez-moi une fessée ! J'ai rapporté une souris morte dans leur merveilleuse maison. Je ne l'ai même pas tuée. Quand je suis tombé dessus, elle était déjà morte. Personne n'est en sécurité par ici. Dans la rue, vous avez de la mort-aux-rats par-dessus les pattes et les voitures chargent toute la journée dans les deux sens. Et puis je ne suis pas le seul chat du quartier. Je ne sais pas ce qui lui est arrivé à cette petite chose. Tout ce que je sais, c'est que je l'ai trouvée, morte. Morte depuis peu, mais morte. Et sur le coup, je me suis dit que c'était une bonne idée de la rapporter à la maison. Ne me demandez pas pourquoi. Un moment de folie. Comment est-ce que j'aurais pu me douter qu'Ellie allait m'attraper par la peau du cou et m'infliger un de ses petits sermons ?

— Oh, Tuffy ! C'est la deuxième fois cette semaine. C'est insupportable. Je sais bien que tu es un chat, que c'est normal de ta part, et tout et tout… Mais, je t'en prie, fais ça pour moi, arrête.

Elle me regardait droit dans les yeux.

– Dis-moi que tu ne vas plus recommencer, s'il te plaît.

Je lui ai fait mon clin d'œil. Enfin, j'ai essayé. Mais elle s'en fichait.

– C'est du *sérieux*, Tuffy, me dit-elle. Je t'aime et je comprends ce que tu ressens. Mais tu dois arrêter, d'accord?

Elle me tenait par les pattes. Qu'est-ce que je pouvais dire? J'ai essayé de prendre mon air le plus désolé et elle a encore une fois éclaté en sanglots. Et on a encore eu droit à un enterrement.

Cet endroit devient la Maison de la Rigolade. Je vous le dis.

4
JEUDI

D'accord. Je vais essayer de vous expliquer pour le lapin. Pour commencer, je pense que personne n'a apprécié le fait que j'ai réussi à le faire passer par la chatière. Ça n'a pas été *si évident*. Je peux vous le dire, cela m'a pris presque une heure pour faire passer ce lapin par ce petit trou. Ce lapin était énorme. Il ressemblait plus à un cochon qu'à un lapin, si vous voulez mon avis.

Rien de tout cela ne les a intéressés. Ils étaient en train de devenir fous.

– C'est Thumper! a crié Ellie. Le Thumper d'à côté!

– Pas possible! a renchéri le père d'Ellie. Maintenant on a un gros problème. Qu'est-ce qu'on va bien pouvoir faire?

La mère d'Ellie m'a regardé fixement et puis elle a dit:

– Comment un chat peut-il *faire* une chose pareille? Enfin, ce n'est pas comme si c'était un petit oiseau, une souris, ou ce que je sais! Ce lapin est aussi gros que Tuffy. Ils pèsent une *tonne* tous les deux.

Merci, c'est très gentil. Voyez comment ils sont dans *ma famille*. Enfin… dans la famille d'Ellie. Mais, vous comprenez ce que je veux dire.

Et Ellie, bien sûr, au bord de la crise de nerfs. Folle de rage.

– C'est affreux. *Affreux*, je ne peux pas croire que Tuffy ait fait une chose pareille. Thumper habite à côté depuis des années et des années.

Évidemment, Thumper était un ami. Je le connaissais bien.

Elle s'est tournée vers moi.

– Tuffy ! Ça ne peut plus durer.
Ce pauvre, pauvre petit lapin.
Regarde-le.

Et Thumper était plutôt en
désordre, je le reconnais. Il n'était
plus que boue. Boue et herbe, en
fait. Il avait aussi tout un tas de
petites brindilles et de trucs plan-
tés dans son pelage. Et il avait une
traînée de gras sur une oreille. Mais
personne, après avoir été traîné à
travers un jardin, une haie, un autre
jardin et, pour finir, dans une chatière fraîchement huilée, n'a l'air
sur son trente et un.

De toute façon Thumper n'en
avait rien à faire de l'allure qu'il
avait. Il était *mort*.

Et pourtant, c'est bien ce qui tracassait les autres. Ça les tracassait même *beaucoup*.

— Qu'est-ce qu'on va faire ?

— C'est épouvantable, les voisins ne nous adresseront plus jamais la parole.

— Il faut qu'on trouve quelque chose.

Et ils ont trouvé. Je dois dire que leur plan était parfait, à tous points de vue. D'abord, le père d'Ellie a repris le seau, qu'il a rempli d'eau chaude savonneuse. Il m'a lancé un de ces petits coups d'œil, pour que je me sente coupable de le faire plonger les mains dans le savon deux fois dans la même semaine. Je me suis contenté de le gratifier de mon regard «je-ne-suis-pas-du-tout-impressionné».

Ensuite, la mère d'Ellie a immergé Thumper dans le seau, lui a donné un bon bain et l'a rincé. L'eau avait une couleur marron, plutôt déplaisante. Pas étonnant avec toute cette boue. Puis, l'air furieux, comme si tout était ma faute, ils l'ont installé dans l'évier et ont recommencé à le couvrir d'eau savonneuse.

Ellie pleurnichait toujours, bien sûr.

– Arrête un peu, Ellie, lui a dit sa mère. Ça commence à me taper sur les nerfs. Va plutôt chercher le sèche-cheveux, si tu veux te rendre utile.

Alors, Ellie s'est traînée jusqu'à l'étage, tout en continuant à brailler.

J'ai pris position sur le buffet pour les regarder.

Quand ils en ont eu fini avec le pauvre Thumper, ils l'ont remis à faire trempette dans le seau.

Encore heureux, il n'était plus

vraiment lui. Il aurait détesté toute cette toilette.

Et quand enfin, l'eau est restée claire, ils l'ont sorti et égoutté.

Ensuite, ils l'ont laissé tomber sur un journal et ont confié le sèche-cheveux à Ellie.

– À toi maintenant. Fais-lui un beau brushing.

C'est ce qu'elle a fait, croyez-moi. Ellie pourrait devenir un as de la coiffure, à voir son brushing. Je dois reconnaître que jamais Thumper n'avait été aussi beau. Et pourtant, il habitait le clapier d'à côté depuis des années et je le voyais tous les jours.

– Salut, Thump.

Je lui faisais toujours un signe de tête quand je flânais sur la pelouse pour aller vérifier les bols de nourriture, plus bas dans la rue.

– Salut, Tuff, me répliquait-il en fronçant le nez.

Oui, nous étions de bons camarades. Nous étions copains. Et c'est pour ça que j'ai été ravi de le voir si bien pomponné et élégant quand Ellie en a eu fini avec lui.

Il était *superbe*.

— Et maintenant ? a demandé le père d'Ellie.

Alors là, la mère d'Ellie lui a lancé un de ces regards — le genre de regard auquel j'ai souvent droit, mais en un peu plus gentil.

— Ah non ! a-t-il supplié. Pas moi. Non, non, non.

— C'est toi ou moi. Et je me vois mal y aller, non ?

— Pourquoi pas ? Tu es plus mince que moi. Tu pourras plus facilement te glisser à travers la haie.

C'est là que j'ai compris ce qu'ils avaient en tête. Mais qu'est-ce que je pouvais bien dire ? Comment les empêcher ? Leur *expliquer* ?

Je ne pouvais rien faire. Je ne suis qu'un chat.

Et donc je regardais.

5
VENDREDI

J'ai noté vendredi parce qu'il était très tard quand ils sont sortis. L'horloge marquait minuit passé quand le père d'Ellie a abandonné son confortable fauteuil devant la télé pour monter à l'étage. Lorsqu'il est redescendu, il était entièrement vêtu de noir. Des pieds à la tête.

— Tu ressembles au Chat botté, a fait remarquer la mère d'Ellie.

– Si seulement quelqu'un pouvait botter *notre* chat, a-t-il marmonné.

Je l'ai ignoré. Je pense que c'était le mieux.

Ensemble, ils se sont dirigés vers la porte de derrière.

— N'allume pas dehors, a-t-il dit. On ne sait jamais, si quelqu'un nous voyait.

J'ai essayé de me faufiler dehors en même temps, mais la mère d'Ellie m'a barré le passage avec sa jambe.

— Toi, ce soir, tu restes à l'intérieur. On a déjà eu assez d'ennuis comme ça cette semaine.

D'accord. De toute façon, Bella, Tiger et Pusskins m'ont tout raconté, plus tard. Ils m'ont tout expliqué. Ce sont de bons copains. Ils ont tous vu le père d'Ellie ramper sur la pelouse, avec Thumper dans son cabas bien enveloppé dans une serviette pour qu'il reste tout propre. Ils l'ont tous vu se frayer un chemin dans le trou de la haie et se traîner à plat ventre sur la pelouse d'à côté.

— On comprenait *pas du tout* ce qu'il était en train de faire, m'a dit plus tard Pusskins.

— Tout ce qu'il faisait, c'était abîmer le trou dans la haie, grogna Bella. Il est tellement gros maintenant que le berger allemand des Thompson pourrait y passer sans problème.

– Le père d'Ellie doit très mal y voir la nuit, a renchéri Tiger. Il lui a fallu une éternité pour trouver le clapier dans le noir.

– Et pour forcer la porte.

– Et pour faire rentrer le pauvre Thumper.

– Et pour l'installer soigneusement sur son lit de paille.

– Et bien roulé en boule.

– Et bien entouré avec de la paille.

– Comme s'il dormait.

– Il avait l'air vivant, a fait Bella. J'aurais pu m'y laisser prendre. Si quelqu'un était passé à ce moment-là, il aurait pu croire que ce pauvre vieux Thumper était mort, heureux et en paix, de vieillesse, pendant son sommeil. Et ils se sont tous mis à miauler de rire.

— Chut! je leur ai dit. Doucement, les gars. Ils vont entendre et je ne suis pas supposé être dehors ce soir. Je suis puni.

Ils se sont tournés vers moi.

— Arrête, qu'est-ce que tu racontes?

— Puni?

— Mais pourquoi?

— Pour meurtre. Lapincide avec préméditation.

Et ils se sont tous remis à rire. Et ça miaulait, et ça miaulait. La dernière chose que j'ai entendue avant qu'on se mette en route pour Beechcroft Drive, c'est une des fenêtres des chambres s'ouvrir et le père d'Ellie qui criait :

— Comment as-tu fait pour sortir, sale bête ?

Qu'est-ce qu'il comptait faire ? Condamner la chatière ?

6
TOUJOURS VENDREDI

Oui, il a cloué la chatière. Il est *pas croyable*, ce gars-là. Il est descendu, et toujours en pyjama, il a commencé à jouer du marteau et des clous.

Pan, Pan, pan, pan !

Je lui faisais mon regard fixe. Mais il s'est retourné vers moi et m'a dit :

— Voilà. Ça t'apprendra. Maintenant ça s'ouvre dans ce sens-là

– et il a donné un coup de pied dans la chatière. Mais ça ne s'ouvre plus dans l'autre.

Et, pour sûr, quand la trappe essaie de revenir en arrière, elle ne peut plus : elle vient taper contre un clou.

– Donc, tu peux sortir. Ne te gêne surtout pas. En fait, tu peux non seulement sortir, mais rester dehors, te perdre, ou disparaître à tout jamais. Mais si tu reviens un jour, ne t'avise pas de rapporter quelque chose. Maintenant ta chatière est à sens unique et tu devras patienter sur le paillasson jusqu'à ce que quelqu'un veuille bien t'ouvrir.

Il a plissé les yeux d'un air désagréable.

– Malheur à toi, Tuffy, si un animal mort te tient compagnie sur le paillasson.

Malheur à toi ! Quelle expression stupide ! Qu'est-ce qu'il veut dire, au fait ? Malheur à toi !

Malheur à *lui*, oui.

7
SAMEDI

Je déteste les samedis matin. C'est très inquiétant toute cette agitation, les portes qui claquent, les « c'est toi qui as pris le porte-monnaie ? », les « où est la liste des courses ? » et les « on doit acheter des boîtes pour le chat ? ». Bien sûr qu'il faut des boîtes pour le chat. Qu'est-ce que je suis supposé manger toute la semaine ? Du vent ?

Ils étaient plutôt calmes ce jour-là. Installée à la table, Ellie gravait, pour Thumper, une assez jolie pierre tombale dans un reste de carreau en liège.

Thumper
Repose en paix

— Ne te dépêche pas de l'apporter aux voisins, lui a conseillé son père. Pas avant qu'ils nous aient prévenus de la mort de Thumper.

Certaines personnes sont nées sensibles. Les yeux d'Ellie se sont remplis de larmes.

— Tiens, la voilà, la voisine, a annoncé la mère d'Ellie qui regardait par la fenêtre.

— Et où elle va ?

— Vers les magasins.

— Bon, si on reste assez loin derrière, on peut conduire Tuffy chez le vétérinaire sans la rencontrer.

Tuffy ? Le vétérinaire ?

Ellie était encore plus terrorisée que moi. Elle s'est jetée sur son père et l'a frappé avec ses petits poings.

— Papa ! Non ! Tu n'as pas le droit !

Grâce à mes griffes, j'ai été plus efficace dans la bataille. Quand il a fini par me sortir de force du placard sous l'évier, il avait le pull déchiré et les mains en sang.

Il n'était pas vraiment content.

— Viens un peu ici, affreux psychopathe à fourrure. Tu as seulement rendez-vous pour le vaccin anti-grippe, et c'est bien dommage.

Vous l'auriez cru, *vous* ? Je n'en suis pas vraiment sûr. Ellie ne l'était pas non plus, elle ne lâchait pas son père d'une semelle. Je me méfiais toujours, une fois arrivé chez le vétérinaire. C'est pour *cette seule raison* que j'ai craché sur la jeune fille à la réception. Elle n'avait aucun motif de noter en tête de mon dossier À MANIPULER AVEC PRÉCAUTION. Même sur le dossier du berger allemand des Thompson, il n'y a pas À MANIPULER AVEC PRÉCAUTION.

Alors, qu'est-ce que j'ai de spécial, moi ?

Certes, je me suis montré un peu impoli dans la salle d'attente. Et alors ? Je *déteste* attendre. Et surtout je déteste attendre coincé dans une cage grillagée. On n'a pas la place de se retourner. Il fait chaud. Et on s'ennuie. Après être resté tranquille pendant quelques centaines de minutes, *n'importe qui* commence à taquiner ses voisins. Je ne *voulais pas* terroriser le petit bébé gerbille malade. J'étais juste en train de le *regarder*. On est libre ici, non ? Est-ce qu'un chat n'a pas le droit de *regarder* un joli petit bébé gerbille ?

Et si je me léchais les babines (ce qui n'était pas le cas), c'est que j'avais soif je vous jure. Je n'es-

sayais pas de lui faire croire que j'allais le manger.

Le problème avec les bébés gerbilles, c'est qu'ils n'ont pas le sens de l'humour.

D'ailleurs, les gens qui se trouvaient là ne l'avaient pas non plus.

Le père d'Ellie a levé les yeux de sa brochure intitulée *Animaux domestiques et vers*. Très sympathique, vraiment.

– Retourne la cage, a-t-il demandé à Ellie.

Ellie a retourné la cage.

Maintenant, je voyais le terrier des Fischer. Et si un animal mérite la mention À MANIPULER AVEC PRÉCAUTION sur son dossier, c'est bien le terrier des Fischer.

Bon d'accord, je lui ai sifflé dessus. Pas fort du tout. Il fallait avoir des oreilles bioniques pour l'entendre.

Et j'ai aussi un peu grogné. Mais pour le grognement, il a l'avantage.

Lui, c'est un chien. Moi, je ne suis qu'un chat.

Et oui, d'accord, j'ai un peu craché. Mais si peu. Rien qu'on ne remarque, sauf si on est sur le dos de quelqu'un.

Bon, comment je pouvais le savoir, moi, qu'il n'allait pas très bien ? Tous ceux qui attendent ne sont pas obligatoirement malades. Je n'étais pas malade, moi. En fait, je n'ai jamais été malade. Je ne sais même pas *ce que c'est*. Mais je pense que, même si j'étais *mourant*, une boule de poils enfermée dans une cage et m'adressant un tout petit petit cri, ne me ferait pas filer en pleurnichant et en tremblant sous la chaise de ma maîtresse, bien à l'abri sous ses jupes.

C'est plus une poule mouillée qu'un scotch-terrier, si vous voulez savoir ce que j'en pense.

— Vous ne pourriez pas tenir votre horrible chat? a demandé méchamment Mme Fischer.

Ellie a pris ma défense.

— Mais enfin, il est en cage!

— Ça ne l'empêche pas de terroriser la moitié des animaux dans

cette salle. Vous ne pouvez pas faire quelque chose, l'isoler ?

Ellie, je dois le dire, a continué à me défendre. Mais sans même lever les yeux de sa brochure sur les vers, son père a jeté son imperméable sur ma cage, comme si j'étais un vieux *perroquet* galeux.

Et je me suis retrouvé dans le noir.

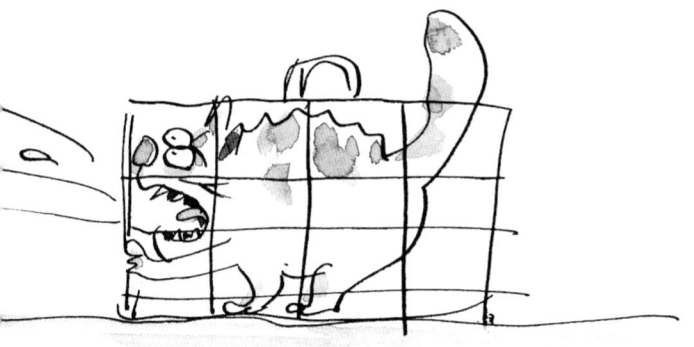

Rien d'étonnant à ce que je n'aie pas été vraiment d'humeur quand la vétérinaire s'est approchée avec son aiguille horrible-

ment longue. Pourtant, je n'avais pas prévu de la griffer si fort.

Ni de casser toutes ses petites bouteilles de verre.

Ni de faire tomber de la table la toute neuve et très chère balance pour chats. Ni de renverser tout le désinfectant.

Mais ce n'est pas moi qui ai déchiré ma fiche en mille morceaux. Non, c'est la vétérinaire.

Quand nous sommes partis, Ellie pleurait, une fois de plus. Décidément, certaines personnes sont très émotives. Elle serrait la cage tout contre elle.

– Oh, Tuffy, jusqu'à ce qu'on trouve un nouveau vétérinaire, on va prendre bien soin de toi. Et toi, tu dois faire très attention à ne pas te faire écraser.

– Y a pas de risque! dit le père d'Ellie entre ses dents.

J'étais en train de lui lancer un regard noir depuis ma cage grillagée quand on a aperçu la mère d'Ellie, avec une montagne de sacs de commissions devant le supermarché.

— Vous êtes très en retard. Il y a eu un problème chez le vétérinaire ?

Ellie a éclaté en sanglots. Non, mais c'est vraiment une mauviette. Son père, lui, est d'une autre trempe. Il a inspiré profondément, tout prêt à parler pour me dénoncer, mais il y a renoncé. Du coin de l'œil, il venait d'apercevoir un autre problème.

— Allez, vite, a-t-il chuchoté. La voisine vient de passer à la caisse.

Il a empoigné la moitié des sacs. La mère d'Ellie s'est chargée du reste. Mais elle a franchi les portes vitrées avant qu'on ait eu le temps de s'enfuir.

Et maintenant, ils étaient tous les quatre obligés de bavarder.

– Bonjour, a dit la maman d'Ellie.

— Bonjour, a répondu la voisine.

— Belle journée, a observé le père d'Ellie.

— Superbe, a ajouté la voisine.

— Bien plus agréable qu'hier, a renchéri la mère d'Ellie.

— Oh oui ! a affirmé la voisine. Hier, c'était une *horrible* journée.

Elle devait juste faire allusion au temps, pour l'amour du ciel. Mais Ellie a fondu en larmes. Je ne comprends pas pourquoi elle aimait autant Thumper. C'est moi son seul animal familier, pas lui. Et comme elle ne voyait plus vraiment où elle allait, elle a bousculé sa mère et la moitié des boîtes de conserve pour chats sont tombées et ont dévalé la rue.

Ellie a posé ma cage sur le sol pour se lancer à leur poursuite. Et c'est alors qu'elle a commis l'erreur de lire l'étiquette.

– Oh non ! avec des morceaux de lapin, a-t-elle pleurniché.

Vraiment, cette enfant est une vraie *fontaine*. Elle ne pourra jamais faire partie de notre bande. Elle ne tiendrait pas une *semaine*.

— À propos de lapin, a fait la voisine. Il est arrivé une chose incroyable.

— Ah bon ? a dit le père d'Ellie, tout en me lançant un regard furieux.

— Vraiment ? a renchéri la mère d'Ellie avec le même regard furieux.

— Eh bien voilà, a commencé la voisine. Lundi, le pauvre Thumper était un peu malade, donc nous l'avons installé dans la maison. Mardi, son état a empiré. Et mercredi, il est mort. Il était très vieux, et il a eu une belle vie. Donc on n'a pas été trop tristes. Et on l'a enterré au fond du jardin.

Je me mis à regarder vers les nuages.

— Et jeudi, il a disparu.

– Disparu?

– Disparu?

– Oui, c'est ça, disparu. Tout ce qui restait, c'était un trou dans la terre et la boîte, vide.

– Non!

– Ça alors!

Le père d'Ellie m'a adressé un regard des plus soupçonneux.

– Et puis vendredi, a repris la voisine, il est arrivé quelque chose d'encore plus extraordinaire. Thumper était de retour. Bien toiletté, dans son clapier.

– De retour dans son clapier, vous dites?

– Bien toiletté. C'est vraiment bizarre!

On peut au moins leur accorder ça : ce sont de merveilleux acteurs. Ils ont continué jusqu'à la maison.

— Quelle histoire incroyable !

— Comment est-ce possible ?

— Vraiment étonnant !

— Étrange !

Une fois bien à l'abri dans la maison, ils ont tous tourné leur regard vers moi.

— Espèce d'imposteur !

— Nous faire croire que tu l'avais tué !

— Avoir fait semblant tout ce temps-là !

— Je *savais* que ce chat n'en était pas capable. Ce lapin était encore plus gros que lui.

Ils *voulaient* tous que ce soit moi

qui aie tué le vieux Thumper, vous
y croyez vous ?

Tous, sauf Ellie. Elle, c'est une
gentille.

– Arrêtez d'embêter Tuffy !
Laissez-le tranquille. Je parie que
ce n'est même pas lui qui a déterré

le pauvre Thumper. Je parie que c'est le méchant et horrible terrier des Fischer. Tout ce qu'a fait Tuffy, c'est de nous confier Thumper, afin qu'il puisse être enterré à nouveau dignement. C'est un héros. Un héros attentionné.

Et elle m'a serré dans ses bras.

– C'est bien ça, hein, Tuffy ?

Qu'est-ce que je suis censé répondre ? Je ne suis qu'un chat.

Je n'ai plus qu'à m'installer et à les regarder enlever le clou de la chatière.